AF398976

Förlag: BoD – Books on Demand, Stockholm, Sverige
Tryck: BoD – Books on Demand, Norderstedt, Tyskland
ISBN: 978-91-8027-706-8

Whispers

Rykten blir viskande tankeexperiment.
När visklekar gör slut är det bara i början...

0

Saga var fostrad att inte ifrågasätta. Det kanske låter illa, strängt taget. Trots det lever hon fullt ut. Genom att söka sig in i alla diskussioner, nyhetsuppslag och senaste trenderna lär hon sig snart att inse vad som verkligen gäller. Ingen skulle minsann kunna lura henne. Hennes föräldrar varnade henne för att gå på så obekväm. Naturligtvis förstår hon mycket mer, och ser längre än de verkar ana, även den oro som omgivningen projicerade på henne. Det började hemma hos farmor.

- Tro inte på allt du hör, Saga. Lyssna hellre på allt som sägs bakom orden.

- Vad tänker du göra med den här, farmor?

- Ta den om du vill ha den, en omöjlig pryl.

- Det är precis vad jag har letat efter, jättelänge.

- Så bra. Då blir vi nöjda, båda två.

I'm possible

Glow with the flow;

After all there is a sparkling touch,

whenever little will be felt as much

(”**I'm possible**”, ref. *Audrey Kathleen Ruston; 1929 − 93*)

Pygmalion inspired in awe,

followed by Irish and Shaw;

enriching to poor

still carving for more

The fairest of ladies in all

Impossible

1

Det stod: "I'm possible" på det lilla urverket. Klockan av snidat trä hade ett illa dolt lönnfack i bakstycket. Saga fann den spännande och lite mystisk. Hennes inlevelseförmåga gjorde att tiden började tala, liksom direkt till henne. Stadigt tickande var den, placerad lite på undantag i farmors sekretär. Där, bredvid i rummet fastnar blicken snart på det imponerande vitrinskåpet i jakaranda. Bland alla glasen kikar det fram porslinsfigurer, från när och fjärran. Souvenirerna lattjar nog tittut med varann, kan en tro vid blotta anblicken. Saga älskar att vara med sin farmor, som alltid avslöjar några nya hemligheter. Klockan väcker en ny känsla. Hon låter den dröja kvar, med klockan.

- Den är ett minne från resan till London och GMT.

- GMT? Nu gör du en story igen, farmor!

- Greenwich Mean Time, Saga. Det finns skäl till att du döptes till Saga. Alla bär på sin story, och du visade genast när du föddes att du skulle upplysa oss om något alldeles extra. En vacker dag blir det, när du skingrar molnen. Du ger inspiration åt alla att hantera tillvaron och sina liv. För, du är vår Saga.

- Nu tar du i farmor. Jag frågade bara om klockan.

- Det lär visa sig, med tiden. Fortsätt Saga, att undra och förundras. Din nyfikenhet ger svar på sådant många funderar på men inte törs fråga om. Det verkar så.

- Vem har skrivit dikterna som ligger i lådan?

- Bakstycket i klockan är din farfars uppfinning. Han var arg en dag när urverket stannade, och ordnade ett nytt utan att tänka på hur det fungerar, och vad vi gör med tiden.

- Det är bara en träbit.

- Det är mer än så. Den träbiten har sin historia, talar till en som kan lyssna i mellanrummen. Dikterna fyller ut tomrum.

- Jaha. Ett modernt urverk tar mindre plats än kuggarna som drev på innan. Vad är då vitsen med dikten, om den bara är utfyllnad och inte följer sin historia eller håller tiden?

- Din farfar skrev dikter, och lyssnade på naturen. Han kunde sitta i dagar på en stubbe utan att säga ett ljud.

- Hur stod du ut farmor?

- Han såg oftast på mig med sina varmaste ögon, och då visste jag att han ville säga så mycket.

- Aha. Då är det därför du alltid sa "hysch", för att hjälpa honom. Det kan bli jobbigt när det inte vill hitta fram.

- Saga, det är faktiskt rätt behagligt att det inte behöver pratas en massa. Många gånger blir det annorlunda mot vad det egentligen skall vara. Det är inte alltid orden räcker till, varken i dikten eller själva verket.

- Viskande lekar blir det av allt som sägs.

- Så kan det kallas, när människor fyller i och drar ifrån.

- Hur var det i London? Är det som det sägs?

- Det var lättköpt. Ö-folken har sina egenheter.

- Det jäser både här och där. Men, de är sofistikerade.

- Somliga av dem har sina föränderliga utsagor, om allt.

- Men, alla andra pusselbitar då?

- Vi reste runt. Georg kunde inte engelska, så han skrev
ned de ord han hörde.

- Och byggde ett pussel?

- Det är livets mening, Saga. Han låg i och roades av alla
pyssel och hantverk.

- Det är bara ett ord på varje.

Saga upptäckte snart var de präglade träsnitten passade
in, i urfasningar på det lilla lötade träbordet i vardagsrummet.

- Han måste ha funderat mycket, på massor.

- Jodu, mer än tillräckligt.

Hon tummade på de betsade styckena i kastanj och lärk.

- Vad är meningen?

- Den finner du så småningom.

- På riktigt, tror du verkligen det?

- Nå, tvivel är en god början.

- Och tystnaden fyller ut?

Sorry

2

Så sant som det är sagt, sägs det. Saga plirar mot farmor, och får ett ömsint leende tillbaka. De fortsätter storstädningen. Farfar har tagit en tupplur, och snarkningarna ger en känsla, en dov en, av den gamla traktorn i startläge. Det var en tvåtaktad variant i härdat roströd plåt, en Ferguson som går i ur och skur. Kanske bidrog det till att familjen senare valde sin SAAB. Den fick hänga med på köpet.

- Hur kan en människa sova så otroligt djupt?

- Drömmar, inspiration och naturens under ger visst ro.

- Vad drömmer han om, tror du?

- Nu tar du ut svängarna, Saga. Det är spekulationer om vad någon känner, och sådant gör människor som inte klarar av det obestämda, kanske rent av omöjliga. Då hittar vi på.

- Du brukar säga att det visar sig med tiden, farmor. Vad är det som ska visa sig?

- Du får mig att berätta om vår resa till London. Georg, din farfar och jag hade inget att göra en sommarkväll. Det var en höst för några år sedan, när pundet var värt 10 kronor.

- Försöker han minnas allt som hände för så länge sedan förstår jag att han behöver vilan, lite i taget. Han har mycket att fundera på, farfar.

- Det kunde varit min replik. Du anar en del, och börjar inse Saga.

- Farmor, att farfar är trött är ingen djupare insikt.

- Vi var i katedralen vid St Paul. Däri finns "whispering gallery". Allt du säger till någon framför dig går fram, utvecklar sig bland annat cirkulerande brus. Du filtrerar, Saga.

- Onekligen. Det är enda sättet att förstå någonting.

- Du bär på visdom som får ledsamheter att bli mildare.

- Vad såg ni i whispering gallery?

- Vi såg en del, men hörde desto mer. Till vår förvåning skärptes våra sinnen i minglet på gatorna senare under dagen.

- Att matas med otydligheter plockar nog fram viljan att begripa mer och tänka vidare, lär oss att känna djupare.

- De är kända för sina artigheter, britterna. Så höviska.

- Men, vad säger det om hur de verkligen känner?

- Äsch, Saga. Det blir okomplicerat med deras så kallade "courtesy". Du kan alltid vända hem med den goda känslan av att inte ha gjort någon illa.

- Och därför säger de "sorry" innan något ens har hänt?

- Det har sin historia, det med.

Saga öppnar ytterdörren.

- Morris, kom, vi går till parken.

Farmor nynnade vidare:

Utan ett ljud hade farfar rest sig, stod med skorna på. Klockan var slagen.

- Det finns mer att sondera, eller hur Morris?

Hunden satte sig med öppen mun, log brett mot sin käre husse. Saga lyfte ögonbrynen, himlade litet. Sedan gick de ut.

3

- Din farmor är beundransvärd, Saga. Men, hon vet inte allt. Vi har en hel del ouppklarade affärer.

- Och, du tror att jag kan lösa era ”hemligheter”?

- Varför inte? Du har ju ett ärligt intresse för människan, och allt som sägs. Dessutom är du favoriten, bland alla de andra 14 barnbarnen. Din farmor ser dig som någon alldeles extra.

En gäspning, riktning vänster med nedfällt huvud gjorde farfar klart upplyst.

- Bättre kan du, farfar.

- Apport Morris!

De gick en stund, sade inget. Träden höll ut sina kronor i givakt. Farfar tog täten. Saga fäste sin blick vid horisonten. En strimma ljus spirade i skymningen. Grusvägen ringlade framför deras ystre gårdvar som jagade pinnar och nafsade efter humlor.

- Ser du vad jag ser?

Surely

4

Saga är klarsynt. Farfar observerar. Morris vädrar. Varje avvikelse i naturen känner hunden, vars luktsinne är utvecklat som bekant. Vi människor skulle storkna av endast unset av de dofter hunden slickar i sig. Han är nog egentligen den som visar mest.

- Vad säger du Morris?

- Hmm, vi går.

- Men, farfar, ett litet skogsrå eller annat skrömt kan väl inget göra?

Den minen glömmer hon inte. Hon känner nu. Odörerna kommer i vindbyar. Bland några olika essenser framträder snart en, särskilt en. Den övriga kompotten kan hon inte urskilja.

- Vilken röra.

- Ja, nog luktar det allt. Vem är det?

- Det är jaktbrott, till att börja med.

Forgive

5

De förruttnade resterna av vad som kan ha varit levande en gång tog skepnad.

- Det där är inget skogsrå.

- Ingen människa heller. Plats Morris!

Råttkungen på stubben var bara ett av fynden. Vargtiken vars valpar låg utspridda hade inte funnits där länge heller. Inga livstecken tog någon form. Ingen av de ulliga nydanade ungarna var orörd. Naturen städar bort resterna.

- Undrar när råttor blir vargföda.

- Den tycks inte vara särskilt aptitlig, uppdukningen där.

Ett skotthål genom ulvens vänstra öga, till vidare utgång bakom höger öra vittnade om skjutvana hos förövaren.

- Tölpar!

- Nå, Saga. Vi vet inget om orsaken. Kanske var han inte i form heller, jägaren.

- Vad gör vi nu?

- Låter naturen verka.

- Va, allvar?

- Ja, Saga, det är allvar. Han som bidragit med det här konstverket är helt enkelt trött på allt.

- Hur vet du att det är en "han"?

- Varför inte? Hur många kvinnor skulle mörda en tik?

- Eh, knäppis... förlåt farfar, jag menar inget illa.

De tycks älska henne, både farfar och farmor, men säger inget. De uttrycker allt genom de ömma händer hon kände som barn, och nu för tiden är det tonfall och blickar. Det var därför, just därför.

- Berätta om London, farfar.

- Senare. Vi har viktigare saker för oss. Morris, sök!

- Va?

Erfarna jägare kan sina saker. Gammal vänskap röjer en inte hur som helst.

- Du känner honom!

- Det är en lång historia.

- Vilken en, vad gör han?

Tystnaden ekade igenom hela hennes kropp. Hon kände visst någonting av det. Morris stack iväg, vädrade, kutade raskt vidare.

- Känner farmor honom?

- Du får fråga henne.

Med den modfällda blicken hos farfar gick de längre bort i skogen. Han sade inget, under lång stund.

- Äh, kom igen. Jag är inte som hon.

- Vi vet det, Saga. Du är din egen.

Vandringen fortsatte. Morris gjorde rundor. De båda tar ut stegen, orienterar sig i terrängen. Snörkängor ger henne god balans. Ett soldis värmer. Det är snart höst. Skogstjärnen är väl lika krusig som igår. Grusvägen var inte särskilt trafikerad. Ett par hjulspår svängde ut från viloplatsen. Mossan stretade emot.

Thank you

- Det är dumpat, så ruggigt.

- Morris, hit!

- Kolla, hela munnen full.

- Tack... Loss!

Några obekymrade skutt senare släpper taget. Instinkten bjuder upp till apport. Förhoppningsfullt flämtar jycken. Den är ovetande. Nu väntar annat.

- Vad är det du släpar hit?

- Den har fått sig en känga.

Sulan slår delad i två, plösen uppvikt, sko utan snörning. Saga betraktade omgivningen. Enstaka klädplagg spårar de, till en hög av osammanhängande persedlar.

- Bara gamla trasor?

- Slarvigt rengjorda dessutom.

- Varför just här?

Remember

- Är stubben bekväm?

- Prova.

- Hur länge tänker du sitta där, egentligen?

Med sin pigga svansföring tassade fyrfotingen runt bland fynden. Han bökade upp något, fnyste, lystrade och vädrade om vartannat. Saga suckade, satte sig, gnolade på något av Pontare. Hennes hemgjorda refräng jojkades över sjön. Skogen dämpade akustiken bakom dem.

- Olåt.

- ...na-na-na...va?

- Shhh...

De satt rygg mot rygg.

Hon knäppte skjortan. T-shirten tryckt: "Chattanooga" fick en prydlig flanellfasad. Benen var utsträckta. Ena hälen på en sten, vilade med den andra ställd marschfärdig åt annat håll.

Commit

8

Sommaren verkade hålla i sig. Vindbyar tog hand om de toner Saga skickade ut, som sköljdes längre och längre bort. En gisten eka gungar snällt vid bryggan intill dem.

- Håller den?

- Tveksamt.

- Åker han dit?

- Åtminstone för boten.

De reser sig. Jägarstugan fanns inte i närheten. De stegar tillbaka för kvällsfikat. Morris stryker nosen mot marken, i vida svängar när han visar vägen hem. Ljuset vandrar mellan högrest barrskog och lurviga tuvor. Grusvägen ansluter en asfalterad vid skogens slut. De tar vänster. En kilometer till har de. Deras hus i kyrkbyn är byggt i tegel. Generösa ytor och gräsmattor omger hantverket. Det är grant, med snickarglädje. Nygräddat bidrar.

- Det blir mest soppa. Sätt er.

Yes

9

- Berätta mer...

- Det är himmelskt, Vera.

- Oj, en flirt på senhösten.

- Nåja, Saga. Det är väl ändå somrigt fortfarande.

Värmen ångade omkring dem. En krispig yta med mjukt innehåll smekte några ögonblick, utan att det blev segt.

- Hörni, hjälp mig med disken. Jag kommer straxt.

- Straxt?

- Det heter visst så, där hon kommer ifrån.

- Hon la rabarber på den.

- Som vanligt.

Saga sopade ihop brödrester. Hennes farfar fyllde vasken med Yes, diskade matsilvret kvickt men elegant. Pajen innehöll gårdsegna atjälkar, blandat med kärlek och på en spröd botten.

- Life is a loving treat.

Courtesy

Så låg de där. Alla orden insmidda i bordet. Saga ögnade från det ena till det andra. Hennes tanke hängde inte med. Hon funderade på vad de skulle betyda. Och, kanske mer på hur det skulle se ut.

- Går det att begripa?

- Det är gåtan om livet, karvat i några döda ting.

- Vilken känslokyla!

- Tja, lite träigt är det nog.

- Nej, vargungarna. Varför just de, som är så oskyldiga.

- Naturen omsluter allt. En finurlig modell, ingen vet.

Farmor hade dukat för tre. Det slipade konstverket, oljat bord, verkar tåla en hel del. Vad Georg nu börjar förklara har en alldeles egen historia. Inte ens farmor bemödar sig att gissa.

- Artig.

- Va ?

Samma stund klämtar Big Ben, dörrklockan, ytterligare en av otaliga souvenirer. Farmor tassade iväg. Viskningar hörs väl, nästan ända in märgen.

- Oj, på riktigt svårt. Kom in och sitt.

- En annan gång, Vera. Plikterna kallar, får gå före.

Ekportens gnisslande tränger förbi dem. Ett vinddrag svalkar fötterna där de sitter. Det klickade till litet.

- Så dyster, min hulda. Osmord, du vet, precis som jag.

- Jovars.

- Berätta nu.

Farmors bistra min låg på tvärs över hela hennes ansikte. Att kallas Hulda när en heter Vera var näppeligen orsaken. Hon är Georgs omhuldade livlina, när allt kommer omkring. Varje år utökades familjen med. I svängarna fick de barnen, barnbarnen och däribland deras Saga.

- Han är borta.

- Vem, varför?

De allra flesta dagarna kan kännas lika. Nya upptäckter gör dagar rätt olika, åtminstone enligt Saga. Fingrarna stryker Morris över ryggen, söker mothårs, slätar medhårs. Han vilar, pustar, trivs. Farmor och farfar, alltså Vera med sin Georg ser förtröstansfullt mot varann.

- Han drömmer, säkert om valpar.

- Oviss.

- Jovisst, vadå?

Vera sänkte ögonlocken, synkroniserade andetagen med den fortsatt snusande Morris.

Saga inspekterar bordet igen.

"Surely Commit Remember Courtesy Forgive Sorry Yes ThankYou"

"Impossible" Det lär bli något till sist. Hon tänker högt.

-En omöjlig pryl.

Devisen på klockan: "I'm possible" tänker hon, om igen.

- Men, vad betyder allt det andra?

Vera och Georg sörplade precis lika. Kaffet sirlade in. De var lika trygga i sin situation, läppjade. Efter några inkännande tuggor hördes de konversera, lagom avmätt.

- Rabarberpajen är mer än väl, toppad med grädde.

- Sällsamt gott.

- Vi är rörande överens.

- Ni har uppenbart hemlisar, men om vad?

- Om desserten.

- Den är också rörd, på ett naturligt vis.

- Hmm, och ni tycker det är tydligt nu? Jag gillar också rabarber, vet ni. Men resten begriper jag inte. Vem är det som försvunnit?

Utan ett ord ytterligare tar farmor hand om servisen, går till köket, diskar upp. Farfar reser sig, drar ut på verandan. Det är en sådan situation som lär göra hunden till människans bästa vän. Saga håller handen ömt mot Morris fuktiga nos. Han sover, snusar, pustar och drömmer gott, visst.

- Jag undrar vad Adam kommer att säga.

- Du får nog inga svar av Morris.

Vera och Georg var fullt upptagna med sina funderingar, men, de hade inte förväntat sig Sagas spontanitet, just då. Hon försade sig, lagom avväpnad. De satte sig igen, inlyssnande.

- Vem är den där Adam, Saga? Nu kanske du kan ge oss mer innan vi stjälper över våra livsöden på Dig.

- Nå, Saga, var inte så blyg. Vi, om några, förstår. Du har redan ditt goda hjärta.

- Adam är fina killen, som inte alls tycker om jakt. Han är vegan, ju. Förresten, ni kommer säkert att tycka om honom.

Adam är säljare, utan ambitioner att lägga sin näsa i blöt för det mesta. Hans ansatser att nå framgångar bygger på ärliga relationer. Han bryr sig knappast om en simpel tjyvskytt. Deras vänskap mynnade ut i förälskelse. Ingen av dem behöver överge något i sina pågående liv. De känner varann. Saga håller igång.

- Adam är jättesnäll. Han vill bara vara nyttig.

- Nåja, Saga. Du säger det. En säljare som försöker göra gott? Det kan väcka en del tvivel, trots allt.

- Nu är du orättvis.

Morris vaknar, tar några steg till sitt vattenhål. Klockan slår halvelva.

- Imorgon drar jag hem, så snart.

- Vi får en lång natt, Saga.

- Vad kan ha hänt?

Tystnaden omslöt dem alla fyra. Morris lyfte sin matskål och lät den falla i backen. Det händer allt som oftast vid tristess och avsked. Breda leenden ur hans flämtande anlete pockar på.

- En kvällsrunda, alla tre?

- Fyra, jag går med.

Veras anorak, en utmärkt klarröd en. Norsktröja, sydväst och trätofflor får bli farfars dra-på, flaggar omaka. Saga ler.

Vinden är ljum, drar fram i byar. Regndroppar går i otakt med stegen. Grusvägen täcks i pölar. En figur rör sig emot dem, något oklart.

- Varför går en så snett?

- Och vint?

- Det är okej, men varför på alla fyra?

- Morris, hit! Plats!

Jycken gnydde, gläfste och krafsade. Han kved så ljudligt att hälften vore nog.

- Tysst, Morrrrris!!

Björnen sisade, reste sig på bakbenen, vädrade. Morris gjorde utfall, reste ragg med ilsket skall. Det var en björntjänst.

- Oooooh.

Saras långa ben darrade. Farfar sträckte på sig, vecklade ut sina armar, visslande. Björnen vaggade i takten, ungefär som om de skuggboxades. Öppet omfamnande höll han ut ramarna. De rensade alla språkförbistringar. Båda två, lika naturliga fann de sig, där i stunden.

- Du är inte klok! Är det vad som kallas skogstokig?

- Mhmm.

- Siiii-siii-- fiaali--- fialiii, sshhhhh

Det tog en minut eller två. Björnen lufsade bort mot sitt. Morris sträckte på sig, gruffade karskt när baktassen sprätte.

- Nåja, han kommer igen. Det vet du.

Hennes röst kom från några meters bakhåll. Farmor var van. Oj, vad hon visste. En kan undra hur trygg det gör henne.

- Vi vänder och går hem.

- Berätta mer Saga, och sluta viska.

- Jaha, med en arg björn i närheten?

- Han är nyfiken, undviker oss gärna så mycket det går.

- Det blir en svårare dans efter pälsjägar'ns pipa.

- Som är någon ni känner och vet mer om?

De strosade vidare och nattmörkret tog över. I all hänsyn fann de sig tillfreds, på vägen hem. Den öppna spisen laddades och började spraka. Klockan slog två.

- Månen ger full upplysning, reflekterar mot väggen.

- Den håller oss på plats.

- Absolut, precis som mina ben just nu.

- Vem är det?

Blicken emellan dem lyste uppfordrande. Vera öppnade spjället, blåste med bälgen i spisen. Inga rökmoln kom vilse av draget i skorstenen. Venturi-effekten gör sig gällande, även i ett enkelt hem. Georg sträckte ut sina ännu längre ben, bredvid sin sondotter. Farmor satte sig, blickade in i brasan. Morris lommar till sin korg, vänder sig slött innan tröskeln till inre rummet.

- Men vem? Säg, snälla.

- Vi vet vad vi vet. Du får vänta, bilda egen uppfattning och vet att vi finns här för dig, under tiden.

- Ni gör mig bara mer nyfiken, som björnen. Buh!

Gråmulet och dystert tycktes det. Adam körde fram sin bättre begagnade Jaguar XE. Den var passande anorak-röd. En bekant klock-signal ljöd i hallen. Morris svansade redan. Dagen hade startat bra, med en runda i skogen och vittringen på några långörade villebråd. Jakt inleddes redan i september även i år.

- Jagar du, Adam?

- Det var värst, välkommen in och ta hand om din Saga.

Hon tappade hakan. Lika förvånade var de, Adam också näpet yrvaken.

- Ni chockar, nästan.

Någon påtår senare har Adam spärrat upp ögon och öron till max.

- Och, vad händer nu?

- De söker efter vittnen. Ingen vet ännu hur det har gått till. Misstankar räcker inte långt nu.

- Det lär höras om det, hos Willies.

Willie flyttade till trakten för fyrtio år sedan. Hans tanke att driva ett gästis med luncher lyckades hyggligt. Enligt gamla traditioner bjöds det vanlig husman, egenproducerade sallader och nybakat.

- Deras gulasch är magisk!

- Inget märkvärdigt, väl.

- Det beror på vem du frågar, Vera.

- Rabarberpajen är utsökt. Ken en få receptet eller är det hemligt?

- Fråga din Saga. Hon är kvick och kan nog redan vispa ihop ett gott snack, er emellan.

Blygsamt sökte han sig närmare, så fäst vid henne. Den gänglige mannen visade sig mjuk och vänlig.

- Det är inget fejk.

- Skulle en tro det, Saga?

- Kanske, om någon så genuint god.

Lagerbladsdofterna når ut. Gästgivaren själv bär upp en pepitarutig väst, vit skjorta och ärmhållare. Välputsade skor ger ett gott, sobert intryck. Första anblicken skapar trygghet.

- Yes, Surely.

Mobiltelefonens skal i mossgrönt talade för en iphone 7 eller 8. Willie hade besök av utländska gäster, titt som tätt

- Impossible. Sorry... Thank You.

De steg fram till kassan, visades in av en ung man till ett bord vid fönster. Altanen utanför var utsmyckad med träräcken, snickerier och trappa ner mot en osalig blandning patrullerande trädgårdstomtar. Brygghuset låg vid en brygga, passande nog.

- De där figurerna ger liv när höstlöven faller.

- De är större än era souvenirer, som blir charmigare på sitt vis.

- Det är en smaksak.

- Välkomna. Är ni klara att beställa?

- Fyra om dagens söndagsspis. Ge oss det vanliga till.

Sorlet påminde litet om whispering gallery. De dämpade sig naturligt i miljön. Sjön sträcker sig runt sin udde. Vattenhjul vid inloppet skopar upp, för var annan tår till samma hydrofor. Trycket utjämnas, lugnar flöden till både murad damm och dess fontän. Där fanns ingen antydan till kaskader, än.

- Vilken behaglig miljö för inspiration, säljande god!

- Jovars.

Grytan serverades på värmeblock. Ångor dansade runt.

- Wow, helt vegan gulasch utan kött!

Saga ler, för hon känner Adams aptit.

- Han är på riktigt.

Oförstående över allt som sägs där inväntar han sin tur.

- Be my guest, please. Commit and remember.

Måltiden skingrade många tankar. Viskningar från dem alla. De mumsade och mumlade vidare, sköljde ner tuggorna.

Willie satte sig intill.

- So Georg, any news better than nothing.

Uppenbart mer intresserad av Vera vände han sig som av ren artighet till Georg först.

”Courtesy” Saga puttade med foten på Adam som förstår vid det här laget. Lite förberedd var han, för ordningens skull.

- Bra mat, Willie. Newsletter A.

- Var är fenrisulven?

- Ingen vet. Det viskas en del, lagom.

De var med i samma jaktlag, troligen för att ingen skulle frestas att tjyva på bekostnad av andra. Deras laganda orsakar i vissa situationer mer misstänksamhet. En kan undra vad lagom står för, eller symboliserar.

- Nyhetsbegäret drunknar i allvetarnas godtyckliga ord och sanningar. Asätarna drar sig närmare.

- Äsch, alla vet väl, typ ingenting.

- Profeterar och profiterar, som i sta'n.

Saga sparkade riktigt hårt, mer än tå-flirtade ömt. Hans vänstra hand stelnade. Spretande fingrar sökte sig samman när han förde näven under bordet. Skenben är påtagligt känsliga för yttre våld. Att avslöja sig så där, istället för att hålla den redliga och lågmälda profilen irriterar henne.

- Det är smärtsamt.

Saga tog över ämnet, snabb i resonemanget.

- Vi lever i en föränderlig värld.

- Med samma behov som vanligt, enklare i grunden men vilsna och förförda av lyx och poäng.

- I remember.

Willie går ut i köket. Annan personal plockar disk. Det är dags att bege sig hem.

- Hinner vi en sväng till, så Adam får se?

- Morris lär visa er vägen.

16

- Björnen är oskyldig, precis som ullungarna där.

- Vad är det för nå't?

- Ett skumt läge.

- Men, varför? Den säljer inte, obsceniskt.

Adam tappade luften. Saga, som är van att hugga i, drog hela handflatan rakt emot hans rygg.

- Det självklara behöver du inte upprepa. Du är ju mer finkänslig än så. En riktig spjuvert är vad du är.

- Spjuver, möjligen. Ah-ah-ah,,,

I ett spontant karateförsvar sträckte han ut sina lemmar. Hon svarade med ett "kiyai". Adam fick chansen att hosta igen, denna gång horisontell.

- Du drar dig inte för nå'nting. Skärp dig!

Saga ler, sträcker ut sina händer och en omtumlad Adam anser sig redo att avrunda eskapaden i skogen. Hur kunde han i sin fitness ramla rakt in i vildmarken från början?

Saga visslar. Det är något ur Rasmus på luffen. Plötsligt hade hon glömt allvaret, björnen och det hemska hon verkligt avskyr. Djurplågeri skadar mer än själen.

- Kom, vi går. Farmor vill ge oss en kram.

- Och, farfar? Stopp!

Hon hejdade sig, av ren omtanke. Adam är gullige killen som hon vill ge bättre odds. Han fattar det inte bara. Att bringa honom horisontell, oplanerat, räcker långt. Hon vill inte avslöja sin talang, riktigt än. Han har visserligen kvalitet, och verkar så genuint lättkonverserad att hon drömmer om ett liv med familj.

- Hördu, passopp!

- Okej, okej. Det är Vera som gäller. Jag fattar.

Morris bökade omkring, plöjde fåror längs vägrenen, såg ett gryt, avvaktade. Han vet att det är otillåtet när ingen jägare är med. Saga suckade över Adams låtsade inställsamhet:

- Så väluppfostrad, Morris. Duktig hund!

17

- Ta väl hand om varann. Kom till jul. Vi försöker samla hela familjen.

- Det du, Adam. Då får du sjunga din julsång, änteligen.

- Äntligen ? Vi får se.

- Det blir allsång, straxt.

- Farmor, ser ut som himla ticks när du blinkar så där.

- Välkomna igen. Vi kan resonera mer om det instämmer i allt som sägs.

Georgs näve kramade om Adams säljarfingrar, gränsande till total förödmjukelse. Adam betraktade sin plågade hand, och konstaterade att alla från tummetott till vickevire var med. För dig som inte varit med om tider före millenieskiftet, 1000-2000 AD, kan berättas att den enkla barnvisan härolderar fingrarnas olika egenheter med deras namn: Tummetott är där, när slicke-pott pekar, indikerar allt. Långeman, som är längst, håller hov mot gullebrand, vars ädla kröning befäster sig vid bröllopen och förlovningarna för att komplettera lilla vickevire som satt i aska och spann.

- Vem begriper det där, Saga?

- Strunt i det. Farmor, mamma och pappa sjöng den för mig när jag var liten. Förresten, vad har du att komma med?

- Bumbibjörnar? Vickevire är öm och tummetott är blå.

Sagas gapskratt fick Adam att trycka på gaspedalen, lite extra och mer än vanligt.

- Farfar är helt med, men han är ingen som pratar. Det märks att de bryr sig. Vi gillar "gummi bears" också, förresten.

Så lugnade sig farten. Adam var inte helt förryckt, bara något generad över sitt tillkortakommande.

- Vad skönt att det är bara vi nu.

Den lugna trafiken gjorde dem båda gott. Adam saktade ner. De smög fram. Saga slumrade. Ett par timmar senare rullar de in i ett garage nära Kärnan, Helsingborg.

Nattpasset lystes upp vid färjeläget. De hade inte tänt så mycket själva. Saga kikade ut. Adam försökte få fjärrkontrollen till teverummet att fungera. Han var fortfarande helt frågande, räknar tid. Sovrumsfönstret är riktat mot hamnen. Klocktornet intill spirar stolt med urtavla. Det var lugnt vid torgplatsen när klockan slog två.

- Vad är det som har hänt?

Saga spratt till, övergav sitt betraktande.

- Ja, så är det ju!-

- Va?

Direkt började hon skissa på en omöjlig historia. All den inlevelseförmåga hon släppte loss verkade påträngande nära.

- De där orden.

- Du är alldeles svettig, ju. Vad händer med dig?

- Kom, sitt här.

Sänggaveln ramar in dem. Adam lutar sig mot, tar några djupa andetag. En livlig Saga underhöll. Klockan blev halvfyra.

18

Det har sällan nämnts hur Willie framträder som driven berättare. Erfarenheterna gör honom trygg. Präglande uttryck, som blickkontakt, fast handslag och öppenhet talar för sig själv.

- En storyteller av rang, det kunde han föreställa.

- Vem köper det?

- Vi får väl hoppas på någon och att de klarar sig.

- Inga vendettor Vera. J-G söker inga strider.

- Men vad ska allt betyda?

- Få ord riskerar mindre.

- Vadå?

- Inga fler avslöjanden.

- Du vill bara för mycket. Slappna av.

Tystnaden röjde Morris som lapade ur sitt vattenhål. Det var nyss påfyllt.

- Undrar vad han tänker.

De oskyldiga ögonen var inte särskilt frågande. Samtalet påverkade knappast en droppande sammetslen nos. Han vände huvudet och lommade mot korgen.

- Till och med Morris signalerar. Vi kan släppa alla våra funderingar om J-G.

- Och bry oss om Willie?

Ett välslickat hundansikte hängde kvar. Invid dörrposten till deras sovrum stod han. Bara Morris nos, och ögonen, syntes under ett par uttröttade beagleöron. Resten av en jaktlysten själ stod med bakbenen i korgen, väl dold runt hörnet. Han gäspar, drar in nosen och rullar ihop sig. Det blir ingen jakt ikväll.

- Klockan är kvart över fyra.

- Blaskan kommer halvfem.

- Go'morron! Jag bäddar nu.

- Det var ingen nyhet.

Vera tassade förbi ett snusande knyte. Georg fingrade på stolkarmen. Tidningsbudet lyser upp, en duns, drar snart förbi.

När ett fuktigt dis släpper sitt tag om stubbar och stenar, och bärfisar flyger omkring. När ridåer dansar i gråa motiv, och droppar av dagg varslar. Det är hösten. Och nu är det måndag, hos Saga. Adam har ställt fram sitt bästa försök till kontinental frukost. Stearinet fyller upp ljusmanschetterna, i sitt värmande omslag.

- Så fint, Adam!

- Vi behöver lite mys, bland allt annat. Men, vad är det på gång där uppe?

- Jag vet inte, försöker förstå.

- Den där Willie. Det enda som saknas är en guldtand.

Hon följde honungsvirvlarna i tekoppen.

- Men, det är något annat jag inte förstår.

- Som håller dig i ett stadigt grepp.... Stopp!

Sagas utfall kontrasterade mot apatin hon givit sken av.

- Så stingslig, Saga. Det är ju jag, Adam – din Adam!

- Pft, och jag heter inte Eva i din lustgård. Skärp dig!

- Som du vill, ett viljelöst offer. Här är jag.

Hon log litet, fortsatte sina idéer. Adam lyssnade så gott han kunde. Hon visste nu hur det kändes, trots att förvirringen tog honom för tillfället. Adam satt kvar på sin köksstol, armar och ben låste han i kors. Saga strök handen över hans kind.

- Förlåt.

- Absolut, ge mig tand- och knäskydd plus pepparsprej så jag kan smälta allt. Tänker en del, för övrigt.

- De har något fuffens på gång. De känner en som gjort allt. Hur ska vi fira jul om inte i vildmarken bland enris?

Adam sneglar misstänksamt, masserar sina händer innan han lyfter bort hennes hand från sin egen nyrufsade kalufs.

- Släpp barret, tack! Förresten, en har redan åkt dit.

- Mhm, finns ett å annat barr att detektera, tillsammans!

- Detektera? Tja, vi hittar väl en å annan jultall.

20

Nyhetsfronten hos Georg och Vera bjöd inte på så många överraskningar.

Morris var nylättad och Georg hade rimligen hunnit med sina personliga bestyr innan morgonrundan.

- Vera, har du läst?

- *Jho.*

Det visslande ljudet av inandning blir ganska klart. Hon hade ögnat igenom raderna.

- Men, vem köper det där?

- Någon tämligen skadeglad.

Journalistiken i småsamhället i Dalsland var inte särskilt bitig. Gamla rykten mixades med nya rön, påhittade osanningar och diverse skrock. Krösamajor fanns det förr. Nu för tiden har trender polerat fasaden. Det vaskar fram spänningssökarna - de som påstår sig veta - som avslöjar de flesta, tror de.

- De färgar av sig.

- Vad, genom trycksvärtan?

- Nej, präglar på annat sätt, markerar revir.

- Undrar hur J-G har det nu.

- Du känner väl hans sätt, att gå undan. Först skapar han rabalder med en massa hyss. Sedan drar han sig bort, långt från skvallret. Det antyder en del, så onödigt tro' de.

- Willie är allt annat än hans allra bäste vapendragare.

- Inte den såtaste bundsförvant kommer honom närmare än du Georg.

- Dags för en hundrunda till. Morris vill något.

Det talas ofta om tankens kraft, men vad säger det? Alla funderingar och formuleringar blir som bestämmande regler när någon finner sitt vägvinnande sätt att förklara. Vera anar oråd.

- Människornas livsöden styrs av nonsens. Det ångar på om skrömt och oskrömt. Snacksaliga vill egentligen veta mer.

- Därför söker vi upp skrymslet, eller hur Morris?

Hundens väderkorn är mångt och mycket bättre, piggare än människans, som väl är bekant. Morris lyder uppmaningarna när de känns rätt. En pointer kan vara hyfsat enkel att hantera, med sina riktade ståndskall. Morris har andra kvaliteter, liksom en beagle har känslighet och högre svansföring. Lagom nervösa villebråd ringas in, blir heta jaktbyten. Det är tacksamt lättare i sök efter en svettig J-G.

- Vera betyder sann. Det finns bara en av dig, oh hulda.

- *Jho.* Du säger det. Gå ni nu.

Efter en slängkyss traskar Georg iväg med sin gårdvar.

Morris släpar nosen från höger till vänster fram och åter, genast från ytterdörr till postlåda där han inväntar kommando.

- Inte än. Gå fot.

Georg stannar till, plockar upp en handfull välbekanta bitar ur rockfickan. Morris sträcker på sig och ler oskuldsfullt, med sina nu aningen piggare beagle-ögon över en blöt nos.

- Ett torrt snack är bättre så här, eller hur min vän.

Mannen med det långa håret, busigt och otyglat, dröjde kvar. De hade bestämt att ses. Okänd avsändare visste bara en. Vera kunde inte avslöja mer än den inre förvissning som alltid följer med. Åren flätades, knöt ihop. Lojala var de. Ingen visste väl mer än vad som ryktades. Det kunde höras en del ord, visor och fabler. Okänd avsändare surrade till, ett nytt SMS i Georgs mobiltelefon. Morris tunga vispade in de sista leverkornen från det nu ännu blötare trynet. Och gladare blev han, med gladlynt stoltare viftningar bak. Han tog några skutt i lekande svängom.

- Kom.

- Gå varligt fram, Georg!

Vera hade inte stängt än. Hon följde deras vandring bort mot skogsbrynet, en kvart, innan hon drog igen. Stuprännorna droppade, en stund till. Georg knäppte för ovanlighetens skull. Höstrusket verkade ta över. Morris tog sikte på sin vän.

- Kompis, det är befriande bland träden.

- Frågan är vem som vill förstå?

- Bah, lite reklamation bara.

- Vi vet båda att arrangören har alibi.

- Men var har han pejlingen?

Det surrar till i ena rockfickan. Georg läser nästa SMS:

"Hej farfar, vi firar jul med er. Och Adam får hänga med dig när jag hjälper farmor med stöket. Kommer redan i helgen. Ses på fredag, puss-å-kram."

"- Kanske det. Farfar."

- Kanske det? Somliga har pejl.

- Tja. Vi känner läget. Det blir klart nog.

- Såg hon resultatet, och chockades lite vår Saga?

- Undanröjda jaktrester förmultnar.

- De tog priset, rabatterat.

- Skottpengarna lär få andra att blöda.

- Någon har tydligen inte fått tillräckligt betalt, än.

- Vargjakten är olovlig, för det mesta. Tjyvjakten fredar de med hull och hår, markägarna.

- Ägorna på andra sidan tjärnen tillhör gästgiveriet.

- Ok. Är det någon som arrenderar?

- Fråga farfar.

Veckan hade rasat på i takt med vädret. Tidig november kommer ibland med fuktig kyla. Bilfärden norrut bjöd på slirig länsväg 164 innan tillflykten närmare resmålet. Det är fredag.

- Lite snö döljer många spår.

- Mhmm, men lämnar nya. Är du hungrig?

- Som en varg.

Ogenomtänkt flög orden, men inte så långt. Lyckligtvis parerade Adam sladden när Saga hejdade sitt tänkta utfall mot hans näsa. Hon markerar irriterat: "Stopp!"

- Stopp, jag kör ju!?

- Det ser jag väl, och håller dig på banan.

- Vägen tycks räcka längre än...

Helt framme pustar de ut efter kvällsfika. Vera har inlett sina förberedelser. Adventstid och övervintringen i ljus mot allt mörkt, tradition är välkommet hos familjen Uddersbo.

- Det är sedan gammalt.

- Kolla klockan, Adam.

- Tiden står stilla, rogivande på landet.

- *Jho*, flyttar sig lagom lugnt.

- Det är barometern du tittar på Adam. På sidan ser du en bit historia.

- Både digitalt och analogt. Varför två tider?

- GMT är den ena, också den andra här och nu.

- Varför displayen under barometern?

- Platskoordinater.

- Varför fyra stycken?

- 4D GIS-mätaren ligger inskjuten från sidan, bärbar.

- Då förstår jag. Med ett särskilt utprövat vetenskapligt instrument blir jaktupplevelsen total.

- Säkrare minne från förr.

- Jamen, skramlet i lådan?

- Se i bakluckan Adam.

Som den finurlige pusselbyggare han är placerar Adam ut bitarna. Efter några minuter deklarerar han självsäkert.

- Mitt herrskap, ordningen lyder:

" Thankyou Remember Yes Surely Commit I'm possible Forgive Impossible Courtesy Sorry"

- Inte illa, och det betyder?

- TRY SCI-FICS.

- Sci-fics?

- Try science fiction.

- Nära ögat, Adam. FICS är *"fellowship of international surgeons"*. Det är några kärnord utan ordning, men din idé är trevlig, om vetenskap och erfarenhet. Historik i en liten box.

- Mossigt, fältmässigt utskuren historia på burk.

- Alla fältskärare har tvingats hantera verkligheten. Där blir lögner och vidskepelser knapphändiga. Vissa ord flyger lätt.

- Fast, du är väl inte kirurg?

- Måste en vara det för att köpa en klocka?

- Inte precis. Tiden är oprecis. Operationer är på riktigt.

- Tro de', massor av operationer misslyckas, Georg.

- Nja, de syr ihop det mesta.

- Och lämnar resten?

Saga kliar en närgången drömmare bakom örat. Övriga reser sig. Morris kikar mot farstun, inga rörelser där.

- *Gäsp*! Vi får sova på saken.

- Go'natt, innan vargtimmen slår.

- Eller nattvaka, mys vid brasan här. Kom Adam!

- Stopp, kraschar snart.

- Bilresan, snömos?

- Ha, ja en aning, bredvid min spänstigt söta co-driver.

23

Först upp är han, deras jaktkompis. Snarkningarna från rummet intill har tystnat, för mer än halvtimmen sedan. Alltid gäller morgonens braskande rubriker. Just måndagsexemplaren tar ny vändning. Det händer titt som tätt på mindre bruksorter. Lördagens utvecklade mittuppslag gav större klarhet. Willies guldklocka skymtade på pressfotografiet.

- "Tjuvjakt på anrikt gods. Föreståndaren överraskad."

- Vad står där mer?

- Varsågod, läs.

- Spekulationer. Ingen av dem vet mer än allt de säger.

- Uppmärksamhet, det är säljande reklam.

- Go'morron. Ta en kopp. Var har du vännen?

- Tack. Saga har hundgöra.

- Vad tycker du om att hon går själv?

- Kvalitetstid, om intet.

- Tja, Morris behöver avlastning i tid. Hans tid är precis lika oprecis som den är för oss.

- Det förstås.

- Sätt dig nu.

Karmstolarna runt det lilla runda bordet matchade stilen i rummet. Ett omaka par gungstolar tronar framför murstocken med den öppna spisen. Glödlopporna sprakar till. Lammfäll och filttofflor omsluter inbjudande vila till hjärtevärmen som annars infinner sig hos Vera och Georg. Golvdraget följs snart av deras ystert nypinkade krabat.

- Det är så vackert idag. Krispigt och klart på lägdan.

- Bättre än i går då.

- Va' ä're' här?

- Läs innantill Saga.

- Det är han!

- Kanske det. Det är så bypressen skapar skvaller.

- Men, varför?

- Varför inte??

Det knakade och sprakade om mer än den livliga brasan.

- Lugn i stormen. Det finns mer.

- Så han vill bygga jaktstugor. Vilken fräck en.

”Föreståndarens ambition är nu att äntligen bygga sitt efterlängtade pensionat: *'Det är för ordningen och färre brott'*, som han uttrycker det själv.”

- Det blir nog svårt.

- Hur kan du säga det, när han har tillräckligt med flis för att elda?

- Den röken gynnar bara kråkorna.

- Jamen han äger mark och rättigheter, visst?

- Nja. Han är liksom inte härifrån trakten.

- Du har nå't fuffens på gång, farfar!

Tystnaden skärpte ännu en gång alla sinnen. Allt utom vansinnet fick dansa fritt.

- *Jho!* Tro de'.

24

Söndagsnumret bjöd på andra spännande intryck, när en efterlysning av 'skogsmannen' basunerades ut. Reportagets foto exponerar en välbekant klocka under rockärmen på den stilrena tweedkostymen. Mannen i keps hade lämnat signalement, och blottade sin oro över en försvunnen vän: 'J-G'.

- Vem är J-G?

- Det är Veras bror.

- Varför är han efterlyst?

- Ryktet säger att han säljer villebråd till ivriga jägare.

- Får en fråga vem som sprider just det ryktet?

- Känn efter nu, Saga!

- Men, gästgiveriet förlorar bara om han hittar på, eller?

- Bättre förekomma än att förekommas och bli ertappad.

-... eller förkomma.

- Säg försvinna, så en begriper!

- Det känns kymigt... riktigt läskigt.

- Jon-Gunnar klarar sig. Han är bara lite bångstyrig.

- Och långhårig. Ordningsmakten vet, men saknar bevis.

- Vad serveras idag?

- Vi kan njuta av deras goda gulasch och lyssna in sorlet.

Sagt och gjort. Förmiddagslunken tog vid. Gångsträckan är tre kilometer till gästgivargård och söndagsgrytan. Iklädd ett kockförkläde, blankputsade mörka boots, knickers och ärmarna uppkavlade på sin storrutiga skjorta välkomnade Willie.

- Inget telefonerande idag, Willie?

- Impossible! Många gäster. Any news, Georg?

- Tja, inte mer än dagens. Har ni plats för oss?

- Surely, welcome Vera and family. Samma bord.

Verandan utanför var täckt av ett tunt frostskikt. Trappa och räcken rensopade, utan spår att skönja någonstans.

- Han trodde att Vera ville sitta vid verandan när vi sågs första gången här och presenterade. Han kunde ingen svenska.

- Det är trevligt med utsikt, över sjön och näset.

- Och gott om tomtar bland alla löv.

- De stryker omkring lite varstans, kan höras både här och där.

- När de tar bladen från munnen?

Milt förvånad såg Adam ut, sökte kontakt med Saga som fäste sig vid en eka.

- Det är någon i båten.

- Eller något. Sitt, Saga!

Georg lät bestämd. "Sitt i båten när det stormar" känner vi igen. Många uttryck går på grund botten, andra kör fast utan grund. Vera och Georg förstår nu att de bara ska invänta nästa lilla teaterakt. Och, som väntat får de besök av ordningsmakten som ber Willie förtydliga signalementen.

- Det ser ut som en hjort.

- Oh deer. Den kanske vill ha matro.

Just för ögonblicket var Saga mer passiv. Trots det trär

hon sin hand över Adams, och nyper honom precis i tumvecket så hårt att han utbrister:

- Aj! Det är inte klokt!

- En ömhetsbetygelse älskling, bara akupressur.

- Ge det gärna när j a g ber om det.

- Det gjorde du.

- O m jag ber, då!

Hon ler. En av poliserna och en servitris kommer snabbt fram till deras bord, som för att säga: "Hur var det här då". Den kvinnliga polisen går rakt på sak.

- Smakar allt bra?

- Jatack. De går verkligen iland med maten.

De unga kvinnornas intuition riktar gemensamt in sig på det lite skumma föremålet i ett guppande flytetyg vid bryggan.

- Är det därför ni är här?

- Det kan vi inte svara på.

Med en sidonick till kollegan nära serveringsgången får

hon dennes respons. Han går ut. Com-radion knastrar mindre med de nya tekniker som används. Med några välbekanta band spärras området från brygghus till brygga. De blåvita ringer på ledningen: ”-Misstänkt föremål”.

- Well, Georg?

- Aptitretande anrättning, bättre här än där.

- Sorry, Vera.

- ThankYou Willie.

Gästerna avlägsnar sig, bord för bord. Alla utom familjen vid verandafönstret har lämnat.

- Det är märkligt, hans eget hopkok.

- Tja, ett skäl att ytterligare skuldbelägga en oskyldig en.

Fiberstrukturen i textilier som tweed är typisk. Ingen lär ifrågasätta att ägaren av restaurang och gästgiveri ror i sin egen båt. Fortfarande saknas rimliga bevis.

- De har en tanke, som inte är helt insnöad.

- Adam ?

25

I säljarkåren finns idéer bortom köparnas fantasi. Därför har Adam luktat sig till kuppen. Belevade gentlemän med fina guldklockor presenterar inga byten så öppet. Personligheter av annan kaliber visar hellre upp nunan offentligt, förstasidesstoff. Därmed blir det svårt för polisen att reagera utan utredning den här gången. Även misstankar kräver bevis för ordningen.

- Jagar J-G?

- Nej, han är sportfiskare.

- Då är saken klar.

- Är den?

- Ja. Om ingen kan rota fram vapenlicens, jaktkort eller smygpimplande.

- Tjyvfiske är väl inte lika allvarligt.

- I de lugnaste vatten bubblar det.

- Och trollas?

- När de luktat på korken.

- Fastnar på kroken menar du väl?

- Nja, din fästman syftar på spriten.

Hon tar sig för pannan. Det visste Saga, eftersom det är en av anledningarna till att hon fäste sig vid honom. Renlevnad och kultur står högt på listan. Vildmarken skriver nya kapitel.

- Nu ger vi oss av. Jag har hört tillräckligt.

- De vet att J-G inte är någon störande haverist, Vera.

- *Jho.* Det viktiga är att v i vet, mer än tror oss veta.

Hon försvarade sin yngre bror, när allt ställdes på sin spets. De växte upp i norr, flyttade söderut för arbete. Gården de växte upp i finns inte kvar.

- Friheten att känna har vi kvar, fortfarande. J-G mår bra men ogillar fuskare.

- Sportfuskare?

Tumgreppet visste var det satt. Saga såg honom djupt in i ögonen: "Inte ett ord till!"

Några flitiga veckor senare närmade sig julfriden. Sagas föräldrar, båda hennes äldre bröder och Adam var tillsammans med någon avlägsen kusin, en nyrakad J-G, små kusiner, ännu mindre kusiner och ett par vilsna grannar som tittade in ibland.

-Ryktet säger att du sitter inne.

-Jamen, det gör jag ju.

J-G visar gladeligen sin elektroniska fotboja. Empatiska sätt är omöjliga eller i vart fall svåra att känna in för de som ej har inlevelseförmågan som rimligen är medfödd. Morris kunde påminna om J-G, eller tvärtom, såväl i stunder av stoltserande glädje som i ledsna besvikelser när jaktsäsongen var över. Djur känner olika de med, luktar in sin värld.

- Det kallas visst jakthäleri, snudd på grovt jakthäleri.

- Men du är fri, och med oss.

- Varför gjorde du det, då?

- De oroar fiskarna. Jakt- och fiskestugor finns redan.

- Så jaktslott ska vänta?

- Det blir svårt, för han är liksom inte härifrån.

- Som du, J-G. Du är ju norrifrån?

- Jo.

- Undrar när de ringar in Willie.

- Han är redan inringd. Berätta Georg.

- De tycker att han har för lite inköp till all den goda mat han serverar. Skatterevisionen scannade igenom kassaböckerna med notor. De räckte vidare till ekobrott.

- Usch, skogen är vårt naturliga arv.

- Pengar kan fördärva många sunda miljöer.

- Kassa, nota bene!

Vera, Georg och Sagas föräldrar höll andan. Saga tindrar med sina ögon, ser på sin Adam och klappar sig om magen. Hon ursäktar sig litet, inser hur underligt olikt henne det verkar.

- Ni förstår, vi har bara börjat. God fortsättning, alla!

Glow with the flow;

After all there is a sparkling touch,

whenever little will be felt as much

In every heart there is

fulfillingly dear by core

what startled mourning miss

recovery grants for sure